la courte échelle

2069 - A3E - 24

Les éditions de la courte échelle inc.

Marthe Pelletier

Marthe Pelletier est née à Cabano, dans la région du Bas-Saint-Laurent. Jusqu'à maintenant, elle a surtout travaillé dans le domaine du cinéma documentaire, touchant à la recherche, à la scénarisation, à la production et à la réalisation. Récemment, elle s'est mise à écrire pour les jeunes. Avec succès, puisque son roman *Chante pour moi, Charlotte,* publié dans la collection Roman Jeunesse de la courte échelle, lui a permis en 2001 d'être finaliste au prix du Gouverneur général, ainsi qu'au prix Cécile-Gagnon, qui récompense l'auteur d'un premier roman.

Marthe aime beaucoup voyager et elle a visité plusieurs coins du monde. Mais l'endroit qu'elle préfère, c'est le chalet au bord d'un lac où elle et sa fille passent leurs étés à jouer dans l'eau et dans les bois avec les canards et les chats. *Elle s'appelle Élodie* est le second roman qu'elle publie à la courte échelle.

Rafael Sottolichio

Rafael Sottolichio est né à Santiago, au Chili, en Amérique du Sud. Arrivé très jeune à Montréal, il se passionne depuis toujours pour le dessin et la peinture. Il a étudié en arts visuels à l'Université du Québec à Montréal, et il est maintenant peintre et illustrateur professionnel. On peut voir ses œuvres dans de nombreuses galeries et salles d'exposition de Montréal et du Québec.

Rafael aime beaucoup le cinéma et la photographie. Il adore aussi voyager et visiter les grands musées du monde où il peut voir les peintures des grands maîtres, tels que Vélasquez, Vermeer et Picasso.

De la même auteure, à la courte échelle

Collection Roman Jeunesse
Chante pour moi, Charlotte

Marthe Pelletier

ELLE S'APPELLE ÉLODIE

Illustrations
de Rafael Sottolichio

la courte échelle

Les éditions de la courte échelle inc.

Les éditions de la courte échelle inc.
5243, boul. Saint-Laurent
Montréal (Québec) H2T 1S4

Conception graphique de la couverture:
Elastik

Conception graphique de l'intérieur:
Derome design inc.

Mise en pages:
Mardigrafe inc.

Révision des textes:
Lise Duquette

Dépôt légal, 1er trimestre 2002
Bibliothèque nationale du Québec

La courte échelle reconnaît l'aide financière du gouvernement du
Canada par l'entremise du Programme d'aide au développement de
l'industrie de l'édition pour ses activités d'édition. La courte échelle
est aussi inscrite au programme de subvention globale du Conseil
des Arts du Canada et reçoit l'appui du gouvernement du Québec
par l'intermédiaire de la SODEC.

La courte échelle bénéficie également du Programme de crédit d'impôt
pour l'édition de livres — Gestion SODEC — du gouvernement du
Québec.

Données de catalogage avant publication (Canada)

Pelletier, Marthe

Elle s'appelle Élodie

(Roman Jeunesse; RJ107)

ISBN: 2-89021-544-X

I. Sottolichio, Rafael. II. Titre. III. Collection.

PS8581.E398E44 2002   jC843'.6   C2001-941750-0
PS9581.E398E44 2002
PZ23.P44El 2002

Depuis un an, j'ai une petite Mélodie dans la tête
Depuis un an, j'ai une petite Mélodie dans ma vie
Elle est belle, chaude et vibrante
Elle chante l'amour et elle rit.

On va vivre une grande aventure
On sera toujours ensemble, je te le jure
Ma petite fille, mon bébé
Ma main blanche dans la tienne, couleur café.

Chapitre I
Chocolat noir

Journal de Fred
Mardi 10 juillet

Manon a chanté toute la journée.

C'est inouï parce que, toute la journée, elle a fait du ménage.

D'habitude, quand elle fait du ménage, ma mère est d'une humeur massacrante. Elle bougonne, elle bardasse, elle blâme l'infâme qui lui a jeté un mauvais sort ou elle nous accuse, mon père et moi, d'avoir truqué le jeu.

C'est que, chez nous, les corvées de ménage et de vaisselle sont tirées à la courte paille. Moi, je ne m'en plains pas. À ce jeu, je suis plutôt chanceux. Ce n'est pas comme Manon. Elle a beau se concentrer, invoquer tous les dieux de la terre et des cieux, deux fois sur trois, c'est elle qui tire le brin le plus court.

Pourtant, Gaston et moi, on ne triche

pas. Mon père fait bien un peu de presti-
digitation, de temps à autre, pour s'amu-
ser, mais jamais il n'oserait tricher avec
les corvées.

Ce matin, on n'a pas joué. Manon est
sûrement tombée sur la tête. Ce matin,
elle avait envie de récurer, d'astiquer, de
laver des murs et des planchers. Elle
s'était déguisée en ménagère modèle, avec
tablier à carreaux et gants de caoutchouc
bleus. Je n'en croyais pas mes yeux!

À bien y penser, c'est peut-être normal
que Manon soit bizarre. Elle attend un
enfant. C'est pour préparer sa chambre
qu'elle a trimé toute la journée.

Manon n'a pas de gros ventre. L'enfant
ne viendra pas par là. Il arrivera par la
porte, sur ses deux jambes. Mes parents
vont adopter un enfant de trois ans et demi.
C'est hier que la travailleuse sociale a télé-
phoné pour dire qu'elle l'avait trouvé. Elle
est certaine qu'entre nous ça va cliquer.

Moi aussi, je me sens un peu bizarre.
Mais je suis content. Ça fait longtemps que
j'espère. Dès que j'ai pu parler, j'ai ré-
clamé un petit frère. Et j'ai presque douze
ans maintenant. Au début, j'étais impa-
tient. Je demandais tout le temps:

— Quand est-ce qu'il arrive?

Après quelques années, j'ai cessé d'en parler. Je n'y croyais plus. Pourquoi c'est si difficile de faire un deuxième enfant quand tu as réussi à en faire un premier? Quelqu'un peut m'expliquer? J'étais convaincu que mes parents ne voulaient pas vraiment de bébé.

Je me trompais. Pendant toutes ces années, Manon et Gaston désiraient sûrement un enfant, puisque, finalement, ils ont décidé d'en prendre un tout fait. Ou plutôt une toute faite… C'est une fille que la travailleuse sociale va nous présenter.

Ma petite soeur s'en vient. Depuis hier, je ne pense qu'à ça…

Ouais, je suis content.

Mais j'aurais préféré un petit frère.

* * *

Le soleil d'après-midi entre à flots dans la nouvelle chambre. Par la fenêtre, on peut apercevoir le jardin avec, en plein milieu, le gros arbre dans lequel est nichée la vieille cabane de Fred. Par la fenêtre ouverte, on peut respirer le parfum des fleurs que Manon a semées à profusion.

Dans la chambre, Fred se tient debout, immobile. Il n'ose toucher à rien, mais ses yeux s'attardent sur chaque meuble, chaque objet, chaque jouet que Manon a choisi et disposé avec soin.

Fred est mal à l'aise, il ne sait trop pourquoi. L'endroit est pourtant sympathique: lumineux, parfumé, rempli de toutous et de poupées...

C'est trop féminin! Voilà ce que Fred n'aime pas! Voilà ce qui le dérange!

Fred va dans sa chambre et rapporte quelques jouets qu'il conservait pour son futur petit frère. Il dépose son plus beau camion bien en vue sur une commode et un jeu de construction dans un coin, par terre. Dans la bibliothèque, il étale artistiquement la moitié de sa collection de cartes de joueurs de hockey.

Fred se sent mieux.

Il flâne dans la chambre. Il s'étend sur le lit.

Il essaie de se rappeler ce que c'est que d'avoir trois ou quatre ans. Et il se demande comment on se sent quand, à cet âge, on n'a pas de famille…

Dehors, quelqu'un siffle un air d'opéra.

«Tiens, Gaston est réveillé», constate Fred.

Il s'approche de la fenêtre. En bas, Gaston est planté près du gros arbre, une tasse de café à la main. Il a travaillé toute la nuit. Les pompiers, comme lui, ont des horaires qui sortent de l'ordinaire.

Fred voit son père entrer dans la maison. Il en ressort presque aussitôt, en sifflant toujours. Dans sa main, un galon à mesurer a remplacé le café. Gaston arpente la cour en tous sens. Il mesure, il calcule. De la fenêtre, Fred suit son manège avec intérêt.

Gaston lève soudain la tête et croise le regard de son fils.

— Ah! tu es là! Viens, j'ai une bonne idée.

Avec de grands gestes et un sourire engageant, il fait signe à Fred de venir. Fred ne bouge pas.

— Qu'est-ce que c'est? Qu'est-ce que tu veux faire?

— Un carré de sable géant. Descends, je vais t'expliquer mon plan.

Fred soupire. Gaston va encore lui demander de bricoler! Et Fred déteste ça. Pour Manon et Gaston, le bricolage est une passion. Ce sont des artistes du tournevis, des poètes de l'égoïne et du rabot.

Fred déteste tous les outils. Il s'écrase un doigt chaque fois qu'il touche à un marteau, il rate une marche chaque fois qu'il grimpe sur un escabeau… C'est à croire que les outils sont en vie et le détestent aussi!

Fred rejoint son père en se traînant les pieds.

— Tu ne trouves pas qu'il fait trop chaud? Tu ne penses pas qu'il est trop tard pour commencer des travaux?

— Non, non, si tu m'aides, ce sera terminé avant le souper. La petite va adorer ça, un grand carré de sable ici…

Fred hésite, il fait la moue… mais le

bien-être de sa future soeur lui tient déjà à coeur.

— On pourrait peut-être aller se baigner, après…

— Bonne idée. Tope là! triomphe Gaston.

Et, avant que Fred change d'idée, il lui flanque une pelle dans les bras.

Journal de Fred
Mercredi 11 juillet

Ils sont partis tôt ce matin. Ils avaient rendez-vous avec la travailleuse sociale. Elle voulait les voir seuls, sans moi. Pour leur donner tous les détails, pour répondre à leurs questions.

À leur retour, vers midi, je piétinais d'impatience. J'avais eu le temps d'imaginer tous les pépins possibles et de me convaincre que ma soeur ne viendrait pas.

Manon devait s'en douter. Dès son arrivée, elle m'a lancé:

— Elle s'appelle Élodie!

— Tu veux savoir à quoi elle ressemble? m'a demandé Gaston en agitant fébrilement une photo sous mon nez.

— La photo n'est pas très bonne, m'a soufflé Manon à l'oreille. Dans la vie, elle est sûrement plus jolie.

J'ai respiré un bon coup et j'ai saisi la photo…

Élodie a la peau noire. Noire comme du café, noire comme du chocolat noir! Sur la photo, ses cheveux noirs sont tressés et décorés de rubans blancs. Ses yeux sont noirs aussi, et son regard est triste comme la pluie.

Je suis resté muet pendant quelques secondes. Gaston a tout de suite frétillé:

— Fred, dis quelque chose!

— Elle me plaît. J'aime ses yeux, j'aime ses cheveux… et sa peau noire.

J'ai regardé la photo encore une fois et j'ai ajouté:

— C'est vrai que la photo n'est pas fameuse. Quand elle sera avec nous, j'en ferai de bien meilleures.

Mes parents étaient très contents. Manon m'embrassait, Gaston me tapait dans le dos. Je riais nerveusement. Mes parents aussi. Je crois qu'on avait un peu le trac, tous les trois.

Dans ma tête, ça défilait à toute allure: «Est-ce que je l'aimerai autant que je le souhaite? Allons-nous lui plaire, tous les trois? Se pourrait-il qu'elle ne nous aime pas? Qu'elle nous trouve trop blancs? Qu'elle ne veuille pas venir?»

Ces questions vont me trotter dans la tête jusqu'à lundi prochain. Je la verrai ce jour-là pour la première fois. Cinq jours à attendre… C'est long, mais ça ne sert à rien de m'énerver. Je vais faire cinq jours de natation intensive. Ça me changera les idées.

* * *

Fred est déjà venu plusieurs fois chez Clémentine. Mais il est encore intimidé par cette grande femme de race noire, à la voix grave et au visage serein. Élodie vit chez cette femme depuis deux ans.

Aujourd'hui, chez Clémentine, tout le monde est au salon. C'est le dernier jour de juillet et la chaleur est torride. Clémentine assure qu'il fait plus chaud à Montréal que dans les Antilles, où elle est née.

Élodie observe avec curiosité ce grand garçon timide qui va devenir son frère. Fred regarde les photos encadrées décorant l'un des murs du salon. Ce sont les photos de tous les enfants qui ont séjourné quelque temps chez Clémentine, avant de trouver une vraie famille.

Lorsque ses propres enfants ont quitté la maison, Clémentine a ouvert sa porte à des fillettes et à des garçonnets qui avaient besoin d'un foyer temporaire. Accueillir et chouchouter ces enfants est sa nouvelle vocation, sa mission, son bonheur.

Aujourd'hui, Clémentine a accroché sur son mur un nouveau cadre: une belle photo d'Élodie que Fred lui a donnée. Aujourd'hui, Élodie déménage.

Manon tient la main d'Élodie tandis que Clémentine lui rappelle les soins nécessaires aux cheveux crépus. Élodie lui sourit. Parfois, Élodie jette un oeil sur Gaston. Il joue avec Achille et Léo, les deux petits garçons qui habitent avec elle depuis plus de six mois.

La première fois qu'elle a rencontré Manon et Gaston, Élodie n'était pas certaine qu'elle voulait de nouveaux parents. Mais aujourd'hui, elle n'a qu'une envie: s'installer dans cette nouvelle famille qui désire tellement fort une petite fille comme elle.

C'est l'heure de partir. Élodie embrasse Clémentine. Une larme perle dans ses yeux.

— Ne sois pas triste, murmure Clémentine. Tu as enfin trouvé un papa, une maman… Je suis heureuse pour toi. Je t'aime. Je te téléphonerai souvent, et tu reviendras me voir…

Achille et Léo comprennent soudain qu'elle part pour de bon. Ils lui sautent au cou et pleurent à chaudes larmes. Élodie pleure aussi. Mais elle veut partir. Manon la prend doucement dans ses bras.

— Viens, ma puce. Viens, ma pitchounette. Nous rentrons chez nous.

Chapitre II
Peur bleue

Dans la tête d'Élodie, c'est comme une grande forêt d'idées et de sentiments. Dans sa tête d'enfant de trois ans, la plupart des mots ne sont pas encore nés et les émotions trouvent une autre façon de parler. Elles prennent la forme d'animaux sympathiques ou de monstres malfaisants.

Ce soir, Élodie a peur. Dans sa tête, un gros ours brun grogne fort.

Manon a laissé une veilleuse allumée dans la chambre. Mais ça ne change rien. L'ours pourrait se cacher sous le lit ou dans la penderie et attendre qu'elle soit endormie pour sauter sur elle et la manger…

Manon est étendue près d'elle, sur le lit. Mais ça ne change rien. Elle pourrait bien se relever dans quelques secondes et la laisser toute seule.

Élodie a peur que les grands la laissent toute seule. Pour longtemps, pour toujours.

Les grands, ils disent qu'ils t'aiment et puis ils t'abandonnent. Les mamans surtout, elles sont comme ça…

Manon semble endormie. Sa peau blanche brille un peu dans la pénombre. Élodie hume son odeur… Puis, avec précaution, elle étire un bras pour caresser les cheveux de Manon. Ils sont blonds, longs et raides comme ceux de sa poupée, mais plus doux, plus soyeux.

Élodie se demande: «Cette maman-là, est-ce qu'elle me gardera?»

Avant Manon, il y avait Clémentine…

Clémentine se faisait appeler «Mimi», mais elle prenait soin des enfants qui vivaient avec elle comme une vraie maman. Elle s'occupait des repas, des jeux, du bain, et elle embrassait souvent Élodie et les deux garçons, Achille et Léo.

Avant Clémentine, il y avait Estelle…

Élodie ne se souvient pas vraiment d'avoir vécu avec elle. Elle était tellement petite. Mais elle a vu une photo: Estelle tient un bébé dans ses bras. Un sourire éclatant illumine son beau visage noir.

Estelle l'a portée dans son ventre et Élodie ne sait pas pourquoi elles ne vivent

pas dans la même maison. Estelle le voudrait bien, mais elle est incapable de s'occuper d'Élodie tous les jours, tout le temps… Élodie la rencontre chaque mois. Quand elle parle à Élodie, Estelle s'appelle «maman».

L'ours cherche Élodie et grogne: «Élodie, es-tu là?» Élodie se cache sous les draps. Bien sûr, elle ne répond pas.

Journal de Fred
Mercredi 1ᵉʳ août

Ce matin, seul le soleil était debout avant moi. Manon était couchée près d'Élodie et lui tenait la main. Gaston ronflait à son aise dans le grand lit de mes parents.

J'ai fait une photo des deux filles endormies. Le soleil jouait dans les cheveux blonds de ma mère et faisait étinceler les billes de couleur dans les tresses noires de ma soeur. Ce sera une bonne photo.

Après, je suis allé me promener à bicyclette. J'avais le coeur et les pieds légers. J'ai roulé longtemps.

À mon retour, Manon aidait Élodie à défaire ses valises et Gaston préparait le petit déjeuner.

Malgré tous nos efforts pour la dérider, Élodie a mangé sans dire un mot, la mâchoire crispée. C'était par timidité ou parce qu'elle n'aime pas les oeufs? Je ne sais pas encore…

Un peu plus tard, Élodie a pleuré. Elle s'ennuyait de Clémentine, de Léo et d'Achille. Pour lui changer les idées,

Gaston et moi l'avons emmenée faire le tour de son nouveau quartier.

Élodie ne voulait pas marcher. Gaston la portait dans ses bras. Fier comme un paon, il s'attardait tous les trois pas pour la présenter à un voisin ou à un commerçant. Silencieuse, ma soeur observait tout ça de haut, dissimulée derrière ses énormes lunettes noires.

Gaston était trop bavard à mon goût et j'ai commencé à soupirer. Élodie s'est alors tournée vers moi. Elle a abaissé ses lunettes, le temps de me jeter un sourire assorti d'un clin d'oeil maladroit, et elle s'est empressée de camoufler à nouveau son visage.

Je l'ai trouvée amusante. Je l'ai trouvée belle. J'ai fait une photo.

* * *

Malgré le beau soleil, Fred fait du ménage dans la maison. Pas de chance, c'est lui qui a tiré la courte paille aujourd'hui! De temps en temps, en maugréant un peu, il jette un coup d'oeil dehors.

Dans la cour, Manon sculpte un banc de balançoire en bois.

Tout à l'heure, elle le sablera et le peindra en rouge. Puis, elle installera la nouvelle balançoire sous les arbres, à côté de la sienne.

En travaillant, Manon observe Élodie et Gaston. Elle a l'impression qu'ils nagent dans une mer de sable. Pour son

29

carré de sable, Gaston a vu large. Il fait tout en grand, pour la petite!

Élodie est un peu sur ses gardes. Gaston l'intimide, elle l'appelle «monsieur». Gaston met le paquet pour l'amadouer. Ce matin, il a déjà fait le cheval et le train. À présent, il se lance dans les tours de magie. Il referme la main sur une petite voiture jaune et, abracadabra, il la fait disparaître…

Élodie rit très fort. Elle dit: «Encore!»

Élodie parle peu. Un mot ou deux, de temps à autre. Mais ses yeux sont comme de grands livres ouverts, dans lesquels on peut lire tout ce qu'elle pense.

Tiens, voilà Fred qui sort et va rejoindre Élodie. Manon se demande ce que peut bien contenir le gros sac de papier qu'il brandit sous son nez. Manon n'entend pas ce que Fred murmure.

— J'ai fait du maïs soufflé pour toi, chuchote-t-il à Élodie. Veux-tu qu'on le mange dans ma cabane?

Élodie sourit et Fred l'entraîne sans tarder vers sa cabane perchée. Sa soeur est trop petite pour grimper à l'échelle. Fred la soulève sans trop d'effort. Élodie le regarde avec admiration. Elle est fière

d'avoir un grand frère aussi fort et aussi gentil avec elle.

Manon abandonne ses outils et s'approche de Gaston.

— Tu crois qu'ils vont bien s'entendre? lui demande-t-elle à mi-voix.

— C'est certain, affirme Gaston. Cette petite, elle est faite pour vivre avec nous!

— Entre mille enfants, c'est elle que nous aurions choisie, j'en suis sûre...

— C'est vrai. C'est elle que nous attendions, sans le savoir.

Journal de Fred
Lundi 20 août

J'ai une petite soeur depuis trois semaines, mais elle est encore une inconnue pour moi. Ça fait drôle de vivre avec une inconnue. Tu crois que tu commences à la saisir et poum! elle te surprend, elle te déroute, elle t'échappe...

Élodie a parfois le regard d'une adulte. Elle semble alors tout deviner, tout comprendre. C'est pour ça que Clémentine la surnomme «ti granmoun». Ça signifie «petite grande personne», en créole.

Par moments, au contraire, elle est vraiment un bébé. Elle a peur de tous les gros méchants loups possibles. Ou de la plus petite des araignées.

Hier, elle m'a raconté une histoire de bébé. Moi, j'écoutais d'une oreille seulement. J'étais surtout épaté de l'entendre parler autant. C'est rare que ma petite soeur aligne plus de trois mots. En tout cas, elle me dévisageait avec une drôle de lumière dans l'oeil, en me contant son aventure.

Une nuit, chez Clémentine, un gros ours est entré dans la cuisine. En l'apercevant, Léo a crié. Clémentine a vite accouru, elle l'a vu et elle a crié, elle aussi! L'ours grognait rageusement. Achille et Élodie se sont cachés, ils pleuraient, ils tremblaient…

Après avoir grogné, l'ours a ri méchamment. «Je n'ai pas faim, je ne vous mangerai pas aujourd'hui. Je reviendrai une autre nuit!» Et il est parti.

J'ai ri, le moins méchamment possible, et j'ai dit:

— Cet ours n'existe pas, voyons. Tu es effrayée par ton imagination!

La lumière s'est éteinte dans les yeux d'Élodie. Elle m'a regardé tristement, puis elle m'a quitté.

Je l'avais vexée… Pour me faire pardonner, j'ai cueilli quelques fleurs dans le jardin et je lui ai offert un bouquet tout bleu. Elle a dit: «C'est pour moi?»

et un étonnement immense emplissait ses yeux.

Elle est comme ça, ma petite soeur. Elle s'émerveille à tout coup. On lui offre n'importe quel truc, un simple crayon, un élastique de couleur... C'est comme si on lui donnait la lune…

C'est idiot, mais j'ai envie de la lui offrir, la lune, moi.

J'ai envie de la couvrir de cadeaux, pour la consoler, pour que son regard ne soit plus jamais triste.

Chapitre III
Lune de miel

Élodie danse avec Fred. Fred se déhanche gauchement. Élodie danse et rit.

À présent, Élodie rit souvent. Passionnément. Elle bavarde aussi. Abondamment… Elle parle, elle papote, elle jase toute la journée. Elle découvre de nouveaux mots, elle en invente, elle raconte de mieux en mieux ses blagues et ses romans d'enfant.

Manon lui a acheté un magnétophone à cassettes. Parfois, Élodie branche le micro et elle chante. Manon adore ça. Hier, elle s'est exclamée:

— Tu chantes si bien. Tu es ma petite Mélodie!

La petite ne connaissait pas le mot «mélodie». Manon le lui a expliqué. Élodie était ravie. Toute la journée, elle a cajolé Manon en répétant:

— Je t'aime, je t'aime, ma belle Manon!

Parfois, Élodie met une cassette de musique antillaise et elle danse, comme en ce moment…

Élodie danse avec Fred. Les yeux brillants, elle lui déclare:

— J'aime ça quand tu danses avec moi!

Fred est fier. Il soulève Élodie et la fait tournoyer dans les airs. Élodie tourbillonne et elle rit.

Journal de Fred
Mardi 4 septembre

Grand-papa Elphège a toujours rêvé d'avoir une petite-fille. Ses fils n'ont fait que des garçons. Il ne l'espérait plus, il commence à être pas mal vieux. Hier, Elphège était heureux.

«Comme elle est gentille, comme elle est belle, comme son rire est merveilleux, comme vous êtes chanceux!» C'est ça qu'il disait, grand-papa. Il était tellement content d'entendre rire Élodie. Il levait les yeux au ciel et il souriait.

Hier, c'était mon anniversaire. Gaston avait cuisiné des mets créoles que les invités dégustaient en plein air, dans la cour. Il avait aussi installé une chaîne stéréo dehors. Manon choisissait la musique, d'ambiance ou de danse.

Hier, Élodie n'a pas dansé. Elle s'est promenée dans les bras de tout le monde. Elle les appelait «ses amis», qu'ils soient grands ou petits. J'avais l'impression qu'elle les aimait tous autant que moi…

Élodie a changé. Elle est bavarde, elle pose, elle veut plaire. Je me demande si j'aime son nouveau caractère…

En tout cas, hier, elle était populaire. Les «amis» ne pouvaient résister à son charme. Ils la trouvaient drôle, ils la trouvaient belle. Ils ne parlaient que d'elle. J'en ai presque oublié que c'était ma fête à moi.

Heureusement, mon ami Sébastien était là. On s'est assis à l'écart, on a discuté. Pauvre Sébastien, c'était son dernier jour de liberté avant d'entrer au pensionnat.

J'ai essayé de l'encourager, de lui montrer les bons côtés, mais je n'étais pas très convaincant. Dans le fond, je pense la même chose que lui: vivre vingt-quatre heures par jour dans ton école, c'est comme vivre en prison!

Ma fête d'anniversaire s'est quand même bien terminée. J'ai reçu le cadeau que je voulais: une batterie! Ma batterie est plus petite que celles des musiciens professionnels, mais elle est complète: un gros tambour à pédale, une caisse claire, des tam-tams et des cymbales.

Devenir batteur, c'est le rêve de ma vie! Les disques, les concerts, les voyages à l'étranger… Pas de routine, juste l'aventure. Pas de grands discours, juste la musique.

Ouais… Une petite soeur et une batterie la même année! Je ne pourrai jamais oublier mes douze ans!

* * *

Fred n'a qu'une envie: jouer de la batterie. Il est urgent d'insonoriser le local où il répétera.

Hier, c'était la corvée générale. Dans le sous-sol, on travaillait ferme pour poser la laine minérale et, pour une fois, Fred bricolait avec enthousiasme.

Ce matin, Fred est à l'école et Manon, chez le coiffeur. Gaston termine la corvée. Il pose les tuiles acoustiques qui absorberont, en partie, le bruit de la batterie.

Près de lui, Élodie dessine.

Gaston travaille avec entrain, Élodie dessine avec ardeur et, déjà, il est midi. Gaston pose ses outils et va préparer le repas. Élodie le rejoint un moment après dans la cuisine.

Fred revient de l'école. Tout excité, il court au sous-sol admirer les travaux et sa batterie.

Quelques instants plus tard, c'est un Fred furieux qui resurgit. Il fonce sur Élodie et l'apostrophe vertement:

— Je te défends de toucher à ma batterie, tu entends?

Gaston s'interpose:

— Cesse de crier comme ça. Qu'est-ce qu'il y a?

— Elle a barbouillé ma grosse caisse avec ses crayons-feutres!

Élodie est effrayée par la colère de Fred. Gaston la prend dans ses bras en précisant à Fred, d'un ton rude:

— C'est de l'encre lavable.

Puis, doucement, il demande à Élodie:

— Pourquoi as-tu fait ça?

Élodie répond d'une voix minuscule, presque inaudible:

— Je voulais décorer le tambour pour qu'il soit plus beau.

Gaston se tourne vers Fred:

— Tu vois, elle ne pensait pas à mal.

Fred se calme un peu:

— Si ça se lave, ce n'est pas si grave, tu as raison. Mais je ne veux plus qu'elle s'approche de ma batterie quand je ne suis pas là.

— Ne sois pas si dur avec elle, elle n'a que trois ans et demi, réplique Gaston, sévèrement. Elle ne le fera plus.

Élodie ne dit rien, mais elle regarde Fred avec de grands yeux éplorés. Fred se sent un peu coupable.

— Ça va, Élodie. Je ne suis plus fâché contre toi.

Mais Fred en veut à Gaston. Son père a pris le parti d'Élodie, comme toujours. «C'est elle qui gaffe et c'est moi qu'il rabroue!» Fred est vexé.

* * *

Élodie est prête à se coucher. Fred l'a aidée à se débarbouiller le nez, à se brosser les dents. Il l'a ensuite photographiée en pyjama, son toutou préféré dans les bras. Il cherche maintenant une histoire à lui raconter et fouille dans la bibliothèque de sa chambre. Fred est de bonne humeur. Il semble avoir oublié leur dispute.

Élodie est soulagée. En chantant, elle court dans la maison. Elle veut dire bonsoir à Manon et à Gaston. Elle les trouve au salon, bavardant ensemble sur le divan.

Tout à coup très sérieuse, elle se faufile entre eux et les enlace par le cou. Elle colle leurs deux têtes sur la sienne et leur donne tour à tour des baisers sur la joue. Elle les tient enlacés, sans parler… et ils restent comme ça, grande bête à trois têtes qui vient juste de naître et qui veut vivre longtemps.

Derrière eux, Fred observe la scène depuis un moment, en retenant son souffle. La bête n'a pas besoin de lui. Elle se suffit à elle-même.

Fred s'éclipse discrètement. Il est fatigué, il ne sait plus très bien ce qu'il ressent. Il se défend pourtant de réfléchir. Il a trop peur de ce qu'il pourrait découvrir.

Chapitre IV
Deux noires,
une blanche

Élodie chante dans son bain, en brossant longuement les cheveux mouillés d'une poupée. Près d'elle, Manon lit.

Élodie cesse soudain de chanter. Manon lève les yeux. Élodie la regarde intensément.

— Prends-moi dans tes bras, maman!

Sans hésiter, Manon soulève la ruisselante petite fille qui se blottit aussitôt contre elle. Manon est toute mouillée, mais elle s'en fiche. Pour la première fois, Élodie l'appelle «maman».

Journal de Fred
Jeudi 4 octobre

Ça dure depuis quelques jours déjà. Dès que je rentre à la maison, j'entends «maman» par-ci, «maman» par-là. Élodie prononce ce mot à tout moment et sur tous

les tons. Elle le gazouille, elle le couine, elle le clame. Comme si elle le découvrait, comme si elle ne l'avait jamais dit à personne!

Et Manon écoute ce mot avec émerveillement, comme si elle ne l'avait jamais entendu avant! Ma mère n'est plus la même… Elle flotte, elle sourit tout le temps… Tout le temps, sauf aujourd'hui…

Ce matin, les deux filles étaient énervées. Élodie était habillée, prête à partir et, tout à coup, elle s'est sentie mal, elle a vomi sur sa robe. Elle en a choisi une autre, encore plus jolie que la première. Elle voulait être belle. Elle avait rendez-vous avec Estelle, son autre mère, celle qui l'a mise au monde.

Manon n'en menait pas large. Elle échappait tout, elle se rongeait les ongles… Elle a quand même pensé à acheter des fleurs pour Estelle.

Ce soir, Élodie pleure, elle s'ennuie de sa mère. Manon est toute chamboulée de la voir pleurer. Elle la console, elle lui jure qu'elle va revoir Estelle tous les mois, aussi longtemps qu'elle le voudra.

Moi, je ne me mêle pas de ça. Je les laisse s'arranger entre elles.

Ça ne m'empêche pas de réfléchir…

Et d'abord, c'est qui, la mère d'Élodie, la vraie? Celle qui l'a portée dans son ventre ou celle qui en prend soin maintenant?

Je n'arrive pas à me faire une idée. Pour moi, c'est très compliqué. Pour Élodie aussi, sans doute! C'est peut-être ça qui la trouble…

Ces temps-ci, on dirait qu'elle ne sait plus qui elle est! Souvent, elle se prend pour un bébé. Elle veut qu'on la cajole et qu'on la berce comme un poupon. Une heure plus tard, elle veut être une grande fille, apprendre l'alphabet, apprendre l'anglais… Je ne me rappelle pas avoir été comme ça!

En tout cas, moi, ça me tape sur les nerfs. J'ai hâte qu'elle retrouve son âge. Ou même un peu plus. J'ai hâte qu'elle ait cinq ou six ans, pour pouvoir parler avec elle calmement, normalement…

Et puis, j'ai hâte de retrouver ma mère…

Depuis trois mois, Manon s'occupe d'Élodie à plein temps. Je m'ennuie de nos longues discussions, de nos parties de tennis hebdomadaires…

Depuis trois mois, Manon n'a plus de temps pour moi.

* * *

Élodie est étendue sur son lit. Elle est fatiguée, elle ne se sent pas bien. Elle se demande si elle a le droit d'aimer Manon, de l'appeler «maman». Elle ne veut pas trahir Estelle. Elle ne veut pas déplaire à Clémentine non plus. Toutes ces idées lui donnent mal au ventre, lui donnent envie de dormir.

Ce matin, elle a demandé à Manon:

— Ça te fait de la peine que j'aime encore Estelle?

— Au contraire, j'en suis contente, a répondu Manon. Tu sais, il y a de la place pour tous ceux que tu aimes dans ton coeur. Tous les gens que tu connais déjà et tous ceux que tu aimeras plus tard…

Élodie se lève et se plante devant son miroir. Elle regarde son bedon d'enfant, elle le tâte… Elle trouve qu'il a grossi. Elle n'est pas rassurée. Peut-être que Manon se trompe! Peut-être que son ventre va éclater, avec tout cet amour qu'elle veut faire entrer dedans!

Élodie se recouche. Elle pleure. Elle touche le joli pendentif qu'Estelle lui a donné ce matin.

— Chaque fois que tu le porteras, tu penseras à moi. Chaque fois que tu penseras à moi, je serai un peu avec toi…

Le pendentif est en forme de coeur. Élodie sent le poids du bijou sur sa poitrine.

Pourquoi Estelle n'est-elle pas là? Pourquoi tous les gens qu'elle aime ne peuvent-ils vivre dans la même maison tout le temps?

Élodie voudrait comprendre. Peut-être qu'elle comprendra quand elle sera plus grande?

* * *

Les parents sont sortis et Fred garde sa soeur. Ils sont dans le local de musique. Élodie admire la batterie:

— Veux-tu jouer pour moi, Fred?

Et elle s'assoit sagement sur un tabouret. Elle ne parle pas. L'air songeur, elle caresse son pendentif en forme de coeur.

Fred ne joue pas tout de suite. Il est surpris de voir Élodie aussi calme et silencieuse.

— Qu'est-ce qu'il y a, Élodie?

— Je pense à ma petite maman.

— Tu penses à Manon?

— Non. C'est Estelle, ma petite maman.

Fred se sent indiscret. Mais il meurt d'envie de connaître l'opinion d'Élodie.

— Manon, ce n'est plus ta maman?

— Manon, c'est ma NOUVELLE maman!

— Comme ça, tu as deux mamans?

— Non, Fred, tu ne comprends pas.

— C'est vrai, je suis nul. Explique-moi.

— Estelle, c'est ma petite maman noire. Clémentine, c'est ma grande maman noire. Et Manon, c'est ma nouvelle maman blanche.

Fred en reste baba. Comme c'est simple pour elle!

Il a envie de jouer, maintenant. Sur sa batterie, il rythme les phrases et il rappe.

J'ai-trois-ma-mans
Deux-noires-une-blanche
Elles-m'aiment-tell'-ment
J'ai-bien-d'la-chance

Élodie est ravie. Elle tape des mains et elle danse.

— C'est le rap de tes trois mamans! lui dit Fred en souriant.

Il regarde sa sœur avec tendresse. Elle a tellement besoin d'amour…

Fred reprend espoir. Il s'énervait pour rien. Élodie va redevenir la mignonne petite sœur qu'elle était cet été. Et il va l'aimer très fort.

Chapitre V
Lune noire

Manon et Élodie font les courses. À l'épicerie, Élodie annonce fièrement à la caissière:

— C'est ma maman. Elle s'appelle Manon.

Elle agrippe la veste de Manon qui se penche en riant et elle lui flanque un gros bec sur la bouche. Manon lui murmure à l'oreille:

— Je t'aime, mon bébé!

À la pharmacie, Élodie claironne dans toutes les allées:

— C'est ma nouvelle maman. Tu m'aimes, maman?

Et elle embrasse les mains de sa mère. Manon sourit et lui fredonne une chanson d'amour.

Le lendemain matin, comme d'habitude, Gaston embrasse Manon avant d'aller travailler. Élodie n'est pas contente, elle tape du pied.

— Pourquoi tu l'embrasses? Tu l'aimes plus que moi?

Puis, Fred part pour l'école. Il bécote Manon et lui dit simplement:

— À plus tard, maman!

Élodie ne veut pas être embrassée. Elle est fâchée. Elle crie:

— Maman, tu ne m'aimes plus!

Manon la prend dans ses bras tandis que Fred s'esquive.

— Tu sais bien que ce n'est pas vrai!

— Tu m'aimes gros comment?

— Je t'aime énormément, je t'aime gros comme la maison! Mais j'aime aussi Fred et Gaston. Je vous aime tous les trois!

Élodie n'est pas satisfaite. Si Manon donne de l'amour aux deux autres, en restera-t-il assez pour elle?

Journal de Fred
Mercredi 7 novembre

Je ne croyais pas que c'était possible: je suis content d'aller à l'école! Là-bas, je suis tranquille, c'est le paradis! À la maison, c'est l'enfer! Dix ou quinze fois par jour, Élodie pleure et crie. Elle ne veut pas partager sa «nouvelle maman», elle crève de jalousie.

Dès que Manon me parle, me touche, me regarde, Élodie fait une crise. C'est la même chose avec Gaston. Elle ne supporte pas que Manon dorme avec lui, qu'elle lui téléphone, qu'elle lave ses pantalons! D'ailleurs, elle ne l'appelle jamais «papa». Je pense que ça le rend triste, mais il ne veut pas le montrer.

J'admire la patience de mes parents. Surtout celle de Manon, qui endure ça toute la journée. Même quand ma soeur crie, elle l'appelle «ma petite Mélodie».

Moi, je crois qu'Élodie est une grande comédienne. Quand elle est contrariée, elle se concentre deux ou trois secondes et elle réussit à déclencher un torrent de larmes. De vraies larmes, qui mouillent ses joues, qui dégoulinent partout. Moi, j'ai envie de l'appeler «Mélo», comme dans «Mélodrame».

Ça m'embête que ma soeur soit comédienne! Si elle peut pleurer sur commande, elle peut aussi faire semblant de rire! Ou faire semblant d'aimer...

Je me demande si Élodie nous aime vraiment. Je me demande si je peux faire confiance à une comédienne. Si je peux aimer quelqu'un qui joue toujours la comédie...

En tout cas, si j'avais su que ça se passerait comme ça, je n'aurais jamais souhaité qu'elle vienne.

* * *

La lune de miel est disparue. Depuis deux semaines, elle s'éclipsait de temps en temps, derrière d'épais nuages gris, mais elle reparaissait toujours. Aujourd'hui, la lune dorée est partie. Une lune noire l'a remplacée.

La lune noire apporte avec elle de violents orages et des pluies diluviennes. La petite Élodie est ballottée par de grosses vagues de jalousie et d'angoisse. La grande Manon s'essouffle à calfater le bateau qui prend l'eau.

Fred réagit à sa façon: il disparaît, il s'éclipse lui aussi. Dès qu'il entend le moindre cri, il se sauve dehors. C'est novembre, il pleut souvent. Alors Fred se cache dans sa cabane. Il s'enfuit aussi à l'école ou chez des amis.

Parfois, Fred se réfugie dans le sous-sol et il se déchaîne sur sa batterie. Fred fait du bruit pour ne rien entendre. Il veut oublier tout ce qui le dérange. Il joue des percussions pour museler ses émotions.

Ses émotions ne veulent pas se taire. Elles tapent dans son ventre, elles tapent dans sa tête. Fred se sauve dans sa chambre. Il ferme la porte, il baisse le store, il se couche et ferme les yeux. Mais sa tête lui fait mal. Depuis quelques semaines, Fred a des migraines.

Gaston, lui, est un homme d'action. Il enlève Élodie. Il l'emmène dans les magasins, dans les parcs, à sa caserne de pompiers. Ou bien il bricole avec elle, des jouets dont tous les enfants rêvent: une fusée, un cheval, une mini-voiture à pédales…

Pendant quelques heures, Élodie oublie tout. Elle s'amuse, elle voyage, elle s'évade.

Élodie ne comprend pas vraiment ce qui lui arrive. Elle ne maîtrise pas cette colère qui tout à coup bouillonne, cette jalousie qui soudain la fait bondir.

Elle s'inquiète: «Est-ce qu'ils m'aiment quand je suis méchante? Est-ce qu'ils m'aiment autant qu'ils le disent? Est-ce qu'ils vont me garder?»

* * *

Fred a vidé tout le tiroir sur la table. Des centaines de photos s'empilent en désordre, attendant d'être identifiées et classées. Fred tente laborieusement de s'y mettre, mais il n'a pas le coeur à ça... Depuis un mois, il n'a même pas touché à son appareil photo.

Fred n'a le coeur à rien... Ces jours-ci, il a plutôt la tête à calculer! Il se surprend parfois à faire des comptes.

Il calcule les heures qu'il a passées à s'occuper de sa soeur, au lieu de flâner ou sortir avec ses amis. Il additionne les kilos de riz qu'il a engloutis sans protester

depuis que les mets créoles sont à l'honneur chez lui…

Fred soupire. Du plat de la main, il balaie la table, et les photos retournent pêle-mêle dans le tiroir.

Fred pense à sa soeur… Il sait bien qu'elle vit une période difficile. Mais sa vie à lui aussi est toute chamboulée. Il n'arrive pas à voir clair dans ses pensées.

Élodie a besoin de lui, il doit l'aider, pense-t-il souvent. Pourtant, il ne réussit pas à être le grand frère qu'il voudrait être. Le grand frère attentionné, le grand frère idéal.

Certains jours, il en a assez, il voudrait qu'elle reparte. Après tout, il a bien le droit de ne pas l'aimer, se dit-il. Mais, à peine formulées, ces idées le bouleversent.

Fred se sent mal, Fred se sent coupable.

Toutes ces pensées, il les garde pour lui. Il ne veut se confier à personne. Surtout pas à ses parents. Ils auraient trop de chagrin.

Fred ne veut blesser personne. Même pas ce petit monstre criard qu'est devenue Élodie. C'est pour cela qu'il s'enfuit.

* * *

Élodie est triste, elle s'ennuie. Dans le micro de son magnétophone, elle chantonne:

— Estelle, Clémentine, Léo, Achille… Je vous aime, je m'ennuie…

Élodie récite les noms de ceux qu'elle aime. Le magnétophone enregistre sa litanie:

— Gaston, Manon… Je vous aime aussi…

Élodie se tait quelques instants. Puis elle reprend, tout bas cette fois:

— Fred n'est pas là, Fred ne m'aime pas… Pourquoi?

Chapitre VI
Temps gris

Fred avale deux cachets d'aspirine. C'est un dimanche matin morne et blafard. Fred apprécie ce temps gris. Il ne pourrait supporter la vive lumière du soleil. Sa tête lui fait trop mal.

On sonne à la porte. Il va ouvrir. Devant lui se tient une belle grande femme noire au regard triste.

Fred n'a jamais vu Estelle. Même pas en photo. Mais il sait que c'est elle: ses yeux sont semblables à ceux d'Élodie.

La stupéfaction le paralyse. Avant qu'il réussisse à articuler quoi que ce soit, il entend la voix de sa soeur derrière lui:

— Maman!

Élodie se jette dans les bras de sa mère. Estelle l'étreint en pleurant.

— Mon ange, mon amour, je n'en peux plus, tu me manques trop! Veux-tu venir avec moi? On sera toujours ensemble, on sera heureuses…

— Ma petite maman, murmure Élodie en souriant.

Manon surgit à son tour dans l'entrée, pâle comme la neige. D'une voix enrouée d'émotion, elle proteste faiblement:

— Voyons, Estelle, vous savez bien que ce n'est pas possible!

C'est Élodie qui répond, d'une voix pleine de tendresse, mais d'autant plus cruelle pour Manon:

— Je veux retourner avec elle…

Du regard, Manon quête l'appui de son fils. Dans ses yeux, Fred découvre une tristesse et un désespoir insondables… «Son amour pour elle est immense!» songe-t-il.

Dans la tête de Fred, la douleur roule comme un tambour. Il ouvre les yeux. Il est seul dans le silence et la nuit. Les dernières bribes de son rêve flottent autour de lui.

Fred a honte de son rêve. Il pense à l'amour, à la haine, à l'indifférence. Les frontières entre ces sentiments lui paraissent bien fragiles. Des images s'échappent soudain de sa mémoire et remontent à la surface. Fred se rappelle son grand amour de l'an dernier…

Elle s'appelait Ève. Dès le premier regard, il l'avait aimée. D'un amour total, inconditionnel. Pendant deux mois, il n'avait pensé qu'à elle, à tout instant du jour et de la nuit. Puis, tout d'un coup, c'était fini. Il ne l'aimait plus. Elle parlait trop, il ne supportait plus le bourdonnement incessant de sa voix dans ses oreilles…

Fred a honte de ces souvenirs. Fred a honte de lui. Il se croit incapable de grands sentiments.

* * *

Élodie a retrouvé son sourire. Elle oublie peu à peu ses colères et ses pleurnicheries. L'ère de la lune noire est finie.

Manon et Gaston sont ravis. De jour en jour, Élodie embellit. Sans cesse, ils s'en émerveillent. Elle est leur petit soleil. Fred se reprend à espérer. De nouveau, il trouve sa soeur amusante et se plaît à la photographier. Il compte même rassembler ses meilleures photos dans un album qu'il lui offrira à Noël.

Élodie semble rassurée. Mais, tout au fond d'elle, encore bien vivante, sommeille la peur d'être abandonnée. À la moindre réprimande, au moindre signe d'impatience, la peur s'agite et la fait trembler.

Aujourd'hui, la peur s'est réveillée en rugissant. La gueule grande ouverte, elle a hurlé si fort qu'Élodie en est tombée malade.

Aujourd'hui, sa mère Estelle n'était pas au rendez-vous.

— Elle m'a oubliée, elle ne m'aime plus, elle est morte peut-être!

Impossible de panser la blessure sanguinolente, de calmer l'enfant désespérée.

— C'est ma faute, je ne l'aime pas assez!

Estelle a oublié. Elle s'est trompée de jour. Elle ne sait pas pourquoi. Elle est désolée.

Le rendez-vous est remis à plus tard. Mais Élodie pleure. Elle a mal.

Journal de Fred
Vendredi 21 décembre

Encore un drame! Ça ne finira jamais! Je suis découragé.

Pendant un moment, j'ai cru que ma soeur allait mieux, que ses crises étaient

finies. Je faisais des efforts, je m'occupais d'elle. J'avais le fol espoir de retrouver une vie calme et une petite soeur charmante…

Je me trompais. C'est reparti, le grand jeu des larmes et du mal de ventre!

Moi aussi, j'ai mal, et personne ne s'en aperçoit. Moi aussi, mes parents m'abandonnent.

La vie à quatre, j'en ai marre. Quand je pense que c'est pour toujours, j'ai le vertige. J'ai l'impression de vivre un mauvais rêve. J'aimerais ça me réveiller.

C'est bientôt Noël. Je n'ai pas envie de fêter. Une chance que mon ami Sébastien est en vacances! On va se voir le plus souvent possible. J'aurai une bonne raison de m'échapper de la maison…

* * *

C'est la nuit. Gaston dort légèrement. Il est sur le qui-vive. Il attend la prochaine alerte. Ça y est, l'alarme sonne. Gaston est réveillé.

Gaston n'est pas à la caserne. Il est à la maison. C'est Élodie qui l'appelle à l'aide.

— Papa, papa! crie-t-elle du fond de son lit.

Pour la troisième fois cette nuit, Gaston se lève et se rue dans la chambre de sa fille.

— Ne t'inquiète pas. Je suis là.

Après le rendez-vous manqué avec Estelle, les monstres d'Élodie sont revenus en courant. Ils la pourchassent jusque dans ses rêves. Ils veulent l'attaquer, la mordre, la manger.

Heureusement, Gaston est là. Les monstres ont peur de lui. Gaston claque des doigts et les monstres disparaissent.

Gaston est un vrai papa. Élodie en est certaine, maintenant. Gaston l'aime, il la

protège. Dans ses bras, Élodie est à l'abri. Rien ne peut la blesser, rien ne peut lui faire mal. L'amour de Gaston la porte et la caresse comme l'eau calme d'un grand lac bleu.

Élodie flotte doucement sur l'amour de Gaston. Dans ses bras, elle se rendort.

Chapitre VII
Alerte rouge

Journal de Fred
Jeudi 3 janvier

Je suis nul, je suis un moins que rien, je me déteste.

Élodie n'en finit plus de se battre avec ses peurs, ses inquiétudes, sa tristesse. Et moi, je suis incapable de l'aider. Je suis jaloux, égoïste, gâté.

Élodie est seule au monde. Elle est abandonnée. Même sa mère Estelle l'a oubliée. Et je sais que Clémentine l'a déjà remplacée...

L'autre jour, je suis allé jeter un coup d'oeil chez elle. Je voulais lui parler, j'avais l'intention d'entrer. Je suis resté dehors à épier la maison. Il faisait froid, il neigeait. Je n'osais pas sonner...

J'allais repartir lorsque je l'ai vue. Elle sortait avec les deux garçons, Achille et Léo, et un nouveau bébé dans les bras!

Je comprends pourquoi elle ne téléphone presque plus. Elle est trop occupée.

Élodie n'a personne au monde. Juste mes parents. Elle doit vivre avec eux, ils l'aiment tellement. Ils arriveront bien à la rassurer, à la réchauffer. Moi, je ne l'aime pas suffisamment. Et elle le sait…

Aujourd'hui, sans le vouloir, j'ai écouté une de ses cassettes. Je croyais que la cassette était vierge. Je l'avais empruntée pour enregistrer une de mes compositions, un solo de batterie. J'écoutais ma musique, je me trouvais bon…

Mon solo s'est terminé, la cassette roulait toujours. C'est alors que j'ai entendu la voix de ma soeur: «Fred n'est pas là. Fred ne m'aime pas. Pourquoi?»

J'ai eu envie de pleurer. Puis ma tête s'est mise à cogner. C'était insupportable. Je me suis couché. Et j'ai réfléchi.

Ça ne peut plus durer. Quelque chose doit changer.

Je vais partir… Un certain temps. Le temps de grandir, de devenir plus généreux, d'être capable de l'aimer.

* * *

C'est le matin. Gaston ronfle un peu. Fred est sous la douche. Manon se lève et va voir Élodie. La petite dort calmement.

Manon la contemple et pense: «Ma belle Mélodie, nous deux, c'est pour la vie. Je voudrais vivre jusqu'à cent ans pour t'aimer plus longtemps.»

Manon quitte la chambre. Dans la cuisine, elle prépare du café. Elle entend Fred qui s'active. Il est prêt à partir, il vient l'embrasser.

Sur le pas de la porte, Fred se retourne et lui lance d'un ton insouciant:

— Pour l'an prochain, je veux m'inscrire à un pensionnat. Celui où étudie Sébastien. Il me dit que c'est très bien, là-bas.

Manon est assommée. Les paroles de Fred ont provoqué un vrai tremblement de terre autour d'elle. Toute sa maison lui dégringole sur la tête, ses projets se fracassent par terre, sa vie s'effondre…

Fred semble ne s'apercevoir de rien. Il ajoute, du même ton léger:

— Je ne veux pas être en retard à l'école. On en reparle, OK?

Fred claque la porte. Manon tremble. «Je veux m'inscrire à un pensionnat!» Devant elle, les mots terribles s'alignent au garde-à-vous. Une rangée de mots armés, pour l'exécuter.

* * *

Gaston se réveille avec une odeur de fumée dans le nez. Il a rêvé que la maison brûlait. Il est inquiet.

Dans la cuisine, il trouve Manon qui sanglote, dévastée.

— Fred veut partir. C'est ma faute. Je l'ai négligé, hoquette Manon à travers ses larmes.

— Qu'est-ce que tu dis? Je ne comprends rien!

— Il est malheureux. J'aurais dû m'en apercevoir. Je m'en veux, continue de sangloter Manon.

Gaston la prend dans ses bras.

— Calme-toi. C'est sûrement moins grave que tu ne le crois.

Gaston se fait rassurant. Mais c'est l'alerte rouge qu'il entend. «J'avais raison, pense-t-il. Il y a un feu dans la maison.»

Gaston est prêt. Combattre le feu, c'est son métier, c'est toute sa vie. Il agit d'instinct, vite et bien. D'abord, il calme Manon, il la rassure, il la console. Ensuite, il s'occupera de son garçon. Il ira le chercher à l'école. Ils auront une grande conversation.

Ce feu-là, Gaston l'attendait depuis longtemps, sans s'en rendre compte. Ce feu-là, il le vaincra.

* * *

Ce soir, Gaston a enlevé Manon. Ils dînent en ville. Juste tous les deux, en amoureux.

Élodie regarde un film pour enfants. Fred est étendu sur son lit. Il a mal à la tête. Ce n'est pas la migraine, c'est supportable. Mais son esprit déborde de pensées toutes enchevêtrées, pleines de noeuds douloureux. Fred essaie de démêler ses idées.

Hier, avec Gaston, il a discuté toute la soirée. Après des semaines de silence, Fred s'est confié. Il n'en finissait plus de vider son coeur, de libérer ses doutes et son anxiété, sa peine et sa culpabilité. Gaston l'a écouté. Puis, à son tour, il a parlé…

Des grands garçons qu'on aime plus que tout au monde et qu'on néglige parfois quand même, parce qu'on est bêtes ou trop occupés… Des obstacles et embûches qui peuvent tuer l'amour ou, au contraire, le faire grandir, si on le veut…

Ce soir, Fred est couché. Sa tête bouillonne, mais son corps frissonne. Élodie vient le voir et s'aperçoit qu'il a froid.

Elle va chercher la grosse couverture qui recouvre son lit et enveloppe Fred dedans.

Ce n'est pas suffisant, Fred grelotte toujours. Elle va en chercher une autre, dans la chambre des parents, et une autre encore, qu'elle trouve dans la penderie. Fred disparaît sous les épaisseurs de laine.

Élodie s'étend près de lui, un instant silencieuse. Un instant seulement…

— L'ours est encore là, aujourd'hui. L'entends-tu?

Élodie se dissimule sous les couvertures.

— L'ours est très méchant, il veut manger nos pieds. J'ai peur, je crie, et toi aussi tu as peur…

Fred ne sait pas quoi dire. Élodie sort un peu la tête et le regarde avec un drôle d'air. Fred plonge dans son regard et, tout à coup, il découvre ce qu'elle veut.

— Je peux te protéger. Je n'ai pas peur de l'ours, moi!

Un éclair de contentement brille dans les yeux d'Élodie.

— C'est vrai, tu es brave. Tu prends un grand couteau et tu le tues. Tu ouvres son ventre avec ton grand couteau.

— Il est mort, j'en suis sûr.

— Oui. J'ai envie de danser maintenant!

Fred n'a plus mal à la tête. Fred a chaud. Il rejette les couvertures.

— Je vais danser avec toi. Toute la soirée, si tu veux. La mort de l'ours, il faut fêter ça!

Chapitre VIII
Couleur café

Journal de Fred
Vendredi 15 février

Ce matin, j'étais posté près du lit d'Élodie et, mon appareil photo à la main, j'attendais son réveil. Des ballons de toutes les couleurs tapissaient les murs et le plancher de sa chambre. Gaston et moi, on en avait gonflé une bonne centaine la veille, pendant qu'elle dormait.

Élodie a ouvert les yeux. En apercevant les ballons, elle a éclaté de rire. J'ai fait une photo.

Ma soeur est très photogénique, mais elle est aussi très naïve. Sitôt levée, elle s'est examinée dans le miroir. Elle était sincèrement étonnée de ne pas avoir grandi durant la nuit! Élodie a quatre ans aujourd'hui.

Son cadeau préféré est celui que sa mère Estelle lui a donné: une guitare à

piles qui joue haut et fort. Elle ne l'a pas lâchée de la journée. Peut-être que ma soeur deviendra une célèbre guitariste, plus tard…

Mes parents et moi, on ne veut pas la décourager. Mais on s'est vite mis d'accord. À partir de demain, Élodie jouera tant qu'elle voudra, loin de nos oreilles… dans le local de musique qu'elle partagera avec moi.

* * *

C'est une belle journée d'hiver, lumineuse et odorante. Les skieurs glissent dans l'épaisse couche de neige blanche, fraîchement tombée.

Toute la famille est sur les pentes. Manon et Gaston font quelques descentes d'experts pendant que Fred accompagne Élodie sur la piste des débutants. Élodie rit parce qu'elle tombe. Élodie tombe parce qu'elle rit. Fred la tire, la pousse, la relève. En riant lui aussi.

Fred et Élodie sont essoufflés. Ils se couchent dans la neige. Les yeux fermés, Élodie demande:

— Tu es content que je sois avec vous?

— Oui, je suis content. Je t'ai attendue longtemps, très longtemps.

Fred a parlé doucement. Avec un trémolo dans la voix.

Les yeux toujours fermés, Élodie se tait. Un sourire flotte sur son visage… Puis, elle saute sur ses pieds et lance à Fred une poignée de neige.

— Lève-toi, paresseux! Je veux faire du ski, moi!

* * *

Dans la voiture qui les ramène en ville, Élodie annonce fièrement:

— J'ai inventé une chanson, aujourd'hui…

— Chante-la pour nous, l'encourage Manon.

Élodie se racle un peu la gorge, puis elle rappe ses paroles, comme Fred le lui a appris.

Fred-est-le-frère-d'Élodie
Il-lui-montr'à-faire-du-ski
Il-lui-prête-sa-batt'rie
Elle-l'aim'ra-toute-sa-vie

Gaston explose de joie et de fierté.

— Elle est superbe, ta chanson!

Manon applaudit. Fred reste silencieux. Au-delà des mots, c'est l'âme de sa soeur qu'il entend vibrer, cristalline, musicale.

Élodie se penche vers lui:

— Tu l'aimes, toi, ma chanson?

— C'est la plus belle chanson que j'aie jamais entendue!

Élodie lui tend la main. Fred la prend et la serre très fort. Cette petite main couleur café, il ne la lâchera plus. Plus jamais!

Journal de Fred
Un an plus tard...

Manon a chanté toute la journée. Et Gaston aussi.

Pourtant, toute la journée, ils ont fait du ménage. Moi, j'étais dispensé de la corvée. Je jouais avec Élodie.

En fait, c'était Gaston, l'homme à tout faire. Manon se contentait de diriger les opérations. Manon attend un enfant. Son ventre est rond comme un ballon.

Quand ils ont appris la nouvelle, mes parents n'en croyaient pas leurs oreilles. Ils ne comprenaient pas pourquoi c'était si facile de faire un autre enfant.

Élodie est joyeuse et impatiente. Chaque jour, elle demande: «Quand est-ce qu'il arrive, le bébé?»

Ce sera une fille. Ça ne m'inquiète pas, j'ai de l'expérience à présent.

Ouais... Dans quelques jours, j'aurai deux petites soeurs. Une noire et une blanche.

Table des matières

Achevé d'imprimer
sur les presses de Litho Acme inc.